CUENTOS CON ALMA

Library of Congress Cataloging-in-Publication Data

Ada, Alma Flor.
Barquitos de papel/ Alma Flor Ada; illustrations by Pablo Torrecilla
p. cm.
Summary: During rainy days in Cuba, one of the author's favorite childhood memories
involve looking through her father's desk drawer to find those interesting things that we all
loved to look for while growing up. She remembers how her father made paper boats out of
old newspapers and let them sail down the stream to unknown destinations.

[1. Pastimes -- Realistic Fiction. 2. Autobiographical Narrative. 3. Spanish language
materials.] Torrecilla, Pablo, Ill. II Title.
PZ73.A26 1995   95-33842
[Fic]--dc20   CIP
                                                                   AC

ISBN: 1-56492-118-2

9012345 SC 98765432

Barquitos de papel

Alma Flor Ada

Ilustraciones de Pablo Torrecilla

Laredo Publishing

a division of NTC/Contemporary Publishing Group
Lincolnwood, IL USA

A Samantha Rose, a Timothy Paul
y a Camila Rosa,
con todo mi cariño.
Ojalá disfruten siempre tanto con sus padres
como yo con el mío.

En Cuba, a un día de sol le sucede otro día de sol, excepto cuando llueve. Los aguaceros van punteando la existencia. Los campesinos esperan las aguas para que rieguen los sembradíos, y la gente de la ciudad, para que laven las calles y apaguen el calor. Los niños esperábamos las primeras lluvias para que empezara la temporada de los mangos. —Los mangos solo maduran después de los primeros aguaceros —decían las madres. —Los mangos recogidos antes de que empiecen las lluvias dan disentería —decían las abuelas.

Por eso las primeras lluvias de cada primavera eran recibidas con jolgorio. Ahora sí podríamos comer la fruta deliciosa. Los mangos de mamey, de un dorado perfecto; los mangos del Caney, grandes y colorados; los mangos de hilacha, que no comíamos sino que chupábamos. Los mangos de hilacha no se deben morder sino que se golpean parejo, suavecito, hasta que toda la pulpa se convierte en jugo. Entonces se les arranca con los dientes un pedacito de cáscara en la punta y se los va exprimiendo, lentamente, hasta sorberles todo el jugo.

Las lluvias, tan bien recibidas a causa de los mangos, significaban también encierro, a menos que fuera un chaparrón bonachón a mediodía y mamá quisiera bañarse en el aguacero.

Para bañarnos en el aguacero nos poníamos los trajes de baño, como si estuviéramos en la playa y corríamos al patio del aljibe. Correteábamos entre los canteros de flores por un ratico, y luego nos colocábamos en una esquina debajo del chorro que bajaba, desde la alta azotea, por la canal de zinc. El chorro fuerte nos golpeaba y gritábamos mientras nos llenábamos la boca de agua y el corazón de alegría.

Pero si había truenos y relámpagos, no podíamos bañarnos. Y si eran los días de temporal, con viento, en los cuales la lluvia duraba todo el día, las horas de encierro se me hacían interminables.

Para el tedio del encierro, mi padre tenía un remedio especial: dejarme revolver en su gavetica...

La gavetica era uno de los cajones de su escritorio. Verle abrir la gran tapa de madera corrediza era motivo de entusiasmo, porque el escritorio encerraba todo tipo de cosas sorprendentes: los instrumentos de agrimensor de mi padre y sus materiales de dibujo lineal. Extraía él la gavetica, y la ponía a mi alcance. Y me daba siempre la misma recomendación:

—Puedes elegir lo que quieras, pero sólo una cosa. Piénsalo bien, porque una vez que decidas, no la podrás cambiar.

En la gavetica cohabitaban los tesoros más dispares: bolas y bolones de cristal, lápices de todo tamaño y color, gomas de borrar, presillas, hebillas, caracoles, tijeritas sin punta, monedas de distintos países, llaves de varias clases, dados de distintos tamaños, piezas de dominó y de rompecabezas, un sello de lacre, en fin todo tipo de cosas que mi padre hubiera encontrado regadas por la casa o traído de sus múltiples viajes.

Llevaba largo tiempo rebuscar en aquel tesoro. ¡Qué bien entendía entonces el deslumbramiento de Aladino, las dificultades de Alí Babá! En algunas ocasiones la elección era menos difícil, por ejemplo, si llevaba días sin poder jugar a los "jackies" por haber extraviado la pelota que ahora me sonreía desde la gavetica. Pero estas ocasiones eran raras, pues casi siempre la elección se me hacía imposible. ¿Cómo decidir entre el sello de lacre con las iniciales de mi abuelo y un hermoso bolón de cristal azul? ¿O entre la llavecita dorada que podría servirle a mi cofre de madera y una hebilla para el pelo de mi muñeca? ¿O entre una lupa y un cristal tallado en el cual se encerraba un perenne arco iris?

Como nada podía llevarse ni probarse hasta tomar la decisión definitiva y como nunca podía saberse cuándo volvería papá a abrir la gavetica, no era extraño que cuando al fin me atrevía a tomar una decisión, el aguacero ya hubiera terminado. Si había llovido mucho, correrían por la cuneta arroyos veloces y mi padre me estaría esperando con un periódico viejo entre las manos.

Mi padre doblaba el periódico con cuidado, juntando esquina contra esquina, hasta formar un cuadrado perfecto. Luego lo doblaba hasta formar un gorro de papel, como el que usaban los albañiles, y luego una vez más, hasta que el barco quedaba listo.

Yo le insistía en que hiciera uno doble, y él volvía a doblarlo hasta que el barquito, además de la vela central, tuviera pequeños toldos en la popa y la proa.

Para que los barquitos de papel resistieran mejor el viaje, mi padre utilizaba varias hojas de periódico a la vez. Iba haciendo los barquitos uno por uno. Y a medida que los terminaba, salía a dejarlos sobre la corriente.

Desde el quicio de la ventana, cuyos balaustres torneados llegaban hasta el suelo, yo los veía pasar navegando frente a la casa, cargados de ilusiones de niña y cariño de padre, corriente abajo, en un viaje todavía ininterrumpido.

Nota de la autora

¡En cuántas cosas puede covertirse una hoja de papel! Cuando yo era pequeña, muchos de los obreros que trabajaban al sol se cubrían la cabeza con gorros hechos con periódicos doblados, o a veces hechos con el papel color café de los cartuchos en los que se empaquetaban los víveres.

1- Toma una hoja de papel.

2- Dobla la hoja por la mitad.

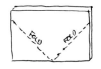

3- Marca las esquinas en dos partes iguales.

4- Dobla las dos esquinas.

5- Dobla la parte saliente del papel.

6- Ahora, ya tienes un sombrero.

Una hoja de papel también puede convertirse en un abanico. Plegábamos el papel una, y otra, y otra vez; y luego le doblábamos la punta, para crear el abanico con el que nos abanicábamos, felices de engañar al calor tropical con la leve brisa de nuestro papel plegado.

1-Toma una hoja de papel.

2-Dóblala en varios pliegos iguales.

3- Une los pliegos y dobla la punta de tu abanico.

En la escuela, qué util la hoja de papel para fabricarnos un vasito para tomar agua:

1-Toma una hoja de papel.

2-Dobla la hoja así.

3-Luego así.

4-Y así.

3-Dobla la esquina.

4-Y dobla la otra esquina.

5-Y te quedará así.

6-Dobla las puntas hacia abajo.

7-Cada punta te quedará a cada lado.

8- Ahora, ya tienes un vasito.

¡Qué alegría el día que por fin pude hacer mi primera pajarita de papel! Requiere muchos pasos más, pero qué bonita cuando ya está lista y se puede dejar paradita sobre la mesa o sobre una de las repisas del librero, muy alerta mirando el mundo, con el ojo redondo y brillante que le dibujamos.

Estoy segura que esa alegría de ver a una hoja de papel convertirse en tantas cosas es lo que inspiró el cuento "El cuadradito azul" que aparece en mi libro "Exploramos". Es la historia de un cuadradito al que no le gustaba ser un cuadradito -soñaba con ser un círculo -hasta que su abuela le enseñó en cuántas cosas interesantes -molinete para jugar al viento, barquito de papel para navegar en el agua, o pajarita para volar libremente- puede convertirse un cuadradito de papel.

Y luego, a su vez, ese cuento dio lugar a los libros "Amigos" y "El reino de la geometría".

¡Sí, hay muchos tesoros encerrados en una hoja de papel! ¿En qué vas a convertirla tú?